AF450062

Herzsprung
Verlag

Impressum:

Alle weiteren Personen und Handlungen des Buches sind frei erfunden.
Ähnlichkeiten mit lebenden oder verstorbenen Personen sind
zufällig und nicht beabsichtigt.

Besuchen Sie uns im Internet:
www.herzsprung-verlag.de
www.papierfresserchen.de

© 2019 Herzsprung-Verlag GbR
Mühlstr. 10, 88085 Langenargen
info@herzsprung-verlag.de + info@papierfresserchen.de
Alle Rechte vorbehalten.
Erstauflage 2019

Das Werk einschließlich aller seiner Teile ist urheberrechtlich geschützt.

Illustrationen: © Teresa Berger

Bearbeitung: CAT creativ - www.cat-creativ.at

Gedruckt in Polen

ISBN: 978-3-96074-043-8 - Taschenbuch
ISBN: 978-3-96074-711-6 - E-Book

Elvis auf der Himmelsleiter

Erzählungen und Gedichte von

Regina Berger

Herzsprung-Verlag

Die Autorin

Regina Berger, geboren 1961 in Hagen (Westfalen), studierte in Münster und schloss nach dem 1. Staatsexamen Lehramt noch einen pädagogischen Studiengang an. Sie arbeitet seither als Dipl.-Sozialpädagogin und lebt seit 27 Jahren im grünen, hügeligen Wuppertal. Sie ist Mitglied im Verein der Schriftstellerinnen und Künstlerinnen in Wien. Mit Lyrik und Prosa zu unterschiedlichen Themen ist sie in mehr als 50 Anthologien vertreten. Lebenseinstellung: Die Welt ist voller Wunder!

Inhalt

Prolog – Seelen-Anker

die Wunder
der Kindheit
festhalten mit Nebelküssen
weich und süß
wie Zuckerwatte
begleiten lautlos
durch die Zeit
verwandeln sich
irgendwann
in sprudelnden
Neubeginn
Seelen-Anker
für das Glück

Die Musik der Schmetterlinge

Roman, die kluge Ente, stolpert nie wieder hilflos durch die Abgas verseuchte Stadt. Er rennt auch nicht wie früher in den staubigen Straßenschluchten verzweifelt um sein Leben.

Vielleicht ist es ja keine Neuigkeit mehr, dass Roman und seine Freunde stattdessen Wunderland fest im Griff haben. Es liegt gar nicht so weit weg, hinter den hohen Häusern der wild pulsierenden, hektischen, lauten Stadt. Sie haben es durch die Musik der Schmetterlinge entdeckt. Die Macht der Töne hat ihr Leben komplett verändert.

Roman hat als Erster von ihnen die Schmetterlingsfrau Elli auf einer saftigen Wiese am See getroffen. Sie hat sich Hals über Kopf in ihn verliebt, obwohl er doch so ein hässlicher Riesenvogel ist. Bisher war er immer für alle die größte und ungeschickteste Lauf-Ente des Ortes. Doch jetzt ist er ein Königsvogel, der mit seiner Musik die liebeshungrigen Herzen füttert. Er ist Elli, ohne zu zögern, rettungslos verliebt ins Wunderland gefolgt.

Es erstreckt sich von irgendwo nach nirgendwo gleich hinter den höchsten Häusern der Stadt. Es ist kuschelig warm hier, erstaunlich bunt und genauso wohlriechend, weil keine Autos fahren und die Zahl an Menschen, die hierher gefunden haben, sich in den Blumenfeldern den Weg glücklich zu Fuß zu den einzelnen Stationen mit seltenen Würmern suchen. Sie schleichen bewusst lautlos herum, weil sie unbedingt die Zukunftsmusik in Wunderland hören wollen, um dann endlich ihre Stelle zu finden, die für sie am allerschönsten ist.

Das erste Ziel des Weges ist natürlich der verlockend gluckernde Wasserfall, vor dem tausend Laufenten mit großen grünen Augen musizieren. Zwischendurch saugen sie genüsslich an langstieligen Wasserpfeifen und senden leichte, einlullende, rosafarbene Töne in den Himmel. Seifenblasen voll Klang und Rausch, die den staunenden Menschen, die sich ihnen nähern, meistens direkt auf der Nase zerplatzen und für gute Laune sorgen.

Roman, der Riesenvogel, führt die Entenriege stolz an und bedeckt seine silberne Flöte, die als einzige nur herrlich blaue Töne produzieren kann, mit einem schief gewachsenen Flügel. Elli stört das nicht. Die angebetete Schmetterlingsfrau mit der prickelnden, süßen Musikharfe saust aufgeregt um die Menschenansammlung herum. Bis diese sie beachten und ihr zur wartenden Wurmkarawane folgen.

Diese bildet eine einzige große, bewegliche Schlange und die Mutigen sitzen gespannt auf den Rücken des Gewürms, während sie durch ein üppiges Gartenparadies geschleust werden. Hier geht sie also gleich los, die sehnsüchtig erhoffte Zukunftsmusik.

„Wumm die wumm – Rücken krumm – blitzeblank – Bäuche lang – Gubbel, Wubbel, Witsch und Flitsch", tönt es munter aus Millionen von Regenwurmmündern. Tonangeber ist hier Abel, der weltweit beste Organisator, der auch mal schrecklich in Elli verliebt war. Er hat seinen Schmerz jedoch durch die Zukunftsmusik überwunden. Sie füllt die leeren und gebrochenen Herzen erstaunlich schnell mit Freude und Lachen.

So schuckeln die Erstaunten genüsslich auf den glatten weichen Rücken der singenden Würmer bis zu einem der typischen Türme des Landes. Hier haben die glücklichen Würmer ihren Schmetterlingsfrauen blumentopfartige, gut gedüngte Wohnungen errichtet. Der Himmel fällt mit Licht und Hoffnung für alle, meeresblau, mitten hinein. Die unwissenden Menschen erfahren nun von Abel, dass jeder Wurm eine leer stehende Behausung im Turm findet, sobald die Schmetterlingsfrauen fortgeflogen sind, um an anderen sprudelnden Orten das Paradies zu erweitern.

Elli, die schönste und kleinste Schmetterlingsfrau, berichtet, dass im Land bereits Tausende weitere Türme errichtet werden, um Brutstätte und Heimat für künftige Generationen zu sein. Es gibt neue, schüchterne, seltene Arten von Lebewesen, die sich ungeachtet ihrer Herkunft in Wunderland wohlfühlen. Dies hängt auch mit dem vielen Regen zusammen. Es gießt und schüttet einen nicht endenden Reichtum an glitzernden Tropfen. Sie fallen wie ein durchsichtiger Vorhang über die wogenden Blumenfelder, die lauschenden Menschen und die musizierenden Laufenten und zahllosen Würmer. Hier atmet die lockere dunkelduftige Erde frische Luft aus. Die Würmer laden die Menschen, die sie inzwischen sehr zu schätzen wissen, sanft ab und graben sich gierig nach Leben anschließend ins tiefe Erdreich hinein. Dort vermählen sie sich mit den schmausenden und schmusenden Larven, die sich anschließend verliebt lächelnd der Wurmgemeinschaft anschließen.

Sie werden einmal selbst hier, etwas später, ihr Schmetterlingsglück finden. Oder ein ähnliches Wunder erleben wie Roman und Elli, die gemeinsam mit Abel und Freunden durch Musik alles, was lebt, in Wunderland verzaubern und vermehren. Jede Nacht schnäbeln und singen sie gemeinsam mit denen, die sich darauf einlassen können. Wer früh morgens schon ein Meer aus blauen und rosa Tönen über die Häuser der Stadt ziehen sieht, der spürt genau, dass er sich, ob Mensch oder Tier, hier einmal, gar nicht weit entfernt, verwandeln wird.

Absurdistan

Blätterkinder schaukeln am Baum
fallen herab, bemerken es kaum
singen und pfeifen fröhlich im Wind
weil sie doch glückliche Engel sind

Menschen lachen sich grundlos an
weil einer den anderen leiden kann
wie er sein will, auch so sein lässt
sie halten sich an der Freude fest

Vögel picken die Sorgen fort
tragen sie zu anderem Ort
Liebe ist mehr als nur ein Wahn
blüht zeitlos in Absurdistan

Danny bleibt

Anfang der Woche ruft mich der Zwergen-Forscher Mario von der Mütze an. Er ist sehr aufgeregt. „Ich habe gehört, dass sich ein Zwerg bei dir ganz aktuell gemeldet hat. Was ist los?"

Ich bin ein bisschen sauer, weil sich gerade Geheimnisse immer so schnell herumsprechen. Doch Mario ist der letzte Experte auf diesem Gebiet, den ich persönlich kenne, und so weihe ich ihn wenigstens in den ersten Teil der Geschehnisse ein. „Es war so", beginne ich zögernd, „ich dachte eigentlich, die Zeit der Zwerge sei für mich inzwischen vorbei. Doch dann passierte etwas Seltsames. In meinem Lieblings-Eisgeschäft mit den köstlichen Erdbeermilchshakes zog mich auf einmal jemand sehr feste am Hosenbein. Ich schaute zu Boden und erkannte sofort Danny. Er sah mich mit seinen blauen Augen bittend an und so hob ich ihn unauffällig mithilfe der Eis-Karte hoch, verstaute ihn vorsichtig in meiner Arbeitstasche und machte mich dann später voller Sorgen über dieses Treffen auf den Heimweg. Seit über einer Stunde liegt er zu Hause auf meiner Couch, hat sich da auf meinem Lieblingskissen ausgestreckt und schnarcht mindestens so laut wie eine Fliege."

Mario von der Mütze schnappt am Telefon hörbar nach Luft. „Du sprichst von Danny, unserem ältesten und einzigen Zwerg mit blauen Augen, der noch dazu der erste nachweisliche Zwerg in Deutschland überhaupt jemals war. Ausgerechnet dieser Danny liegt jetzt in deiner Wohnung herum? Was will er bloß von dir? Wenn du einverstanden bist, komme ich auf einen Sprung vorbei."

Ich beschwichtige ihn und erkläre, dass ich wohl zu lange auf meine Vergissmeinnicht-Vase geschaut habe und dabei unbewusst an Danny denken musste.

Ja, ich habe Mario ewig nicht gesehen oder gesprochen. Doch woher hat er es erfahren? Die Zwerge sind doch genauso wie wir

Menschen. Einer hat mich also direkt schon bei meinem Freund Mario verpetzt. Angeblich hat der Zwerg ihn im Bus aus der Einkaufstüte einer Mitfahrerin angesprochen und Hinweise auf Danny und neuen Problemen gegeben.

So verspreche ich Mario am Ende des Telefonates, alles, was weiter geschieht, für ihn aufzuschreiben, damit einer aus der Erwachsenenwelt zur Sicherheit noch zusätzlich Bescheid weiß. Ich werde es ihm, wie gewohnt, an unseren besonderen Ort hinterlegen. Eine rostige Konservendose in der rissigen Stadtmauer, direkt unter dem Steinrelief – und sie ist absolut wasserdicht.

Mario ist zufrieden, denn er weiß, ich halte Wort. Er ist nicht mehr ganz so enttäuscht, dass ich mich nicht zuerst bei ihm gemeldet habe, um die wichtige Neuigkeit – Danny ist zu Besuch – mitzuteilen.

Ich kehre vom Flur in den Wohnraum zurück. Was soll ich nur mit Danny machen? Er hat meine Hilfe eingefordert und vom allerschlimmsten Notstand gesprochen. Fast alle Zwerge sind verfolgt worden und deshalb so gut wie ausgestorben. Eine Gruppe konnte sich im Stadtpark beim Teich verstecken, doch der wird jetzt, so wie die ganze Anlage, einem Parkplatz geopfert. Ja schöne, heile, Autowelt, die stets bekommt, was sie braucht, wofür sie sich dann mit stinkenden Abgasen bedankt. Keiner wusste um die Zwergen-Schar dort – doch wohin nun mit ihnen? Sie tun mir leid.

Danny erklärt mir, nachdem er ausgeschlafen hat, dass es in den eigenen Reihen Verräter gab, die zuließen, dass sie vertrieben wurden. Die ersten Tränen kullern aus seinen Augen. „Unsere Feinde hatten es sehr einfach, uns zu vernichten. Sie haben die Nachricht verbreitet über Facebook, Twitter und auch mündlich, dass Zwerge nur solange existieren, wie Menschen an sie glauben. Sobald sie aber für eine Einbildung gehalten werden, sterben sie unglaublich schnell.“

Ich tröste ihn und gebe ihm erst mal einen Fingerhut voll Erbsensuppe zu essen.

„Du bist unsere letzte Rettung. Du und dein Freund, ihr haltet wenigstens zu uns, deshalb bin ich hier. Wir sind nur noch ins-

gesamt 50 Zwerge und ich bin inzwischen zu alt, um mich allein um alles zu kümmern und sie in Sicherheit zu bringen. Ach bitte, können wir bei dir übergangsweise wohnen?"

Mir wird schwarz vor Augen und ich muss mich setzen. „Also Danny. Die Wohnung ist zu klein für uns. Der Platz reicht wirklich nicht aus."

Danny wird ganz blass. „Aber wir sind doch gar nicht so viele. Wenn du uns jetzt auch noch im Stich lässt, haben wir niemanden mehr auf der ganzen Welt, dem wir so vertrauen können."

Wir schauen einander an, während er herzzerreißend schluchzt. Beinahe muss ich mitweinen.

Ich kneife mich ordentlich ein paar Mal ins Bein und kann so die Fassung bewahren. „Also gut, Danny. Irgendwie finden wir eine Lösung." Ich strecke ihm meine geöffnete Hand entgegen und entschlossen springt er hinein. Ich gehe zu meinem uralten Kleiderschrank hinüber, ein Erbstück meines Großvaters, und setze ihn dort ab. Danach öffne ich behutsam die knarrende Tür.

Danny verschwindet im Kleiderschrank und es dauert sehr lange, bis er alles genauestens inspiziert hat. Lachend winkt er mir von innen zu. „Es ist ein riesiger Schrank! Und der gehört dir ganz allein? Dafür ist er doch viel zu groß. Mensch, das ist ja so ein Glück für uns. Ich sage meinen Freunden Bescheid und sie werden in der Schrankrückwand links unten, ganz hinten eine geheime Tür einbauen. Natürlich auch noch einen Gang buddeln, tief ins Erdreich, und dann haben wir so viel Platz, wie wir brauchen, um dort zu wohnen und in unserer gemeinsam gegrabenen Höhle für immer sicher zu leben. Bitte sag es mir, dass du einverstanden bist. Bitte."

Diesem kleinen Gesicht mit den zwei blauen Augen, die so schön wie Vergissmeinnicht strahlen, kann ich schließlich nur liebevoll zunicken. Seitdem wird bei mir im Schrank Tag und Nacht gehämmert und im Winter ziehen sie endlich alle bei mir ein. Sie haben mir sogar einen winzigen kleinen Schlüssel geschenkt, den ich an einem feinen Silberkettchen um den Hals trage. Er passt genau in das Türschloss unten im Schrank. Allerdings hindert mich meine Größe, diese mutigen, klugen und fröhlichen Zwerge jemals überraschend zu besuchen. Ich eile pfeifend zur Stadtmauer und erst, nachdem ich tatsächlich unbeobachtet bin, suche ich in der Mauerlücke nach der Konservendose. Als ich sie zu fassen bekomme, klebt eine kleine Schnecke daran. Ich lasse sie in Ruhe und öffne flink mit meinem Taschenmesser die Dose. Ich lege für Mario von der Mütze eine kurze Botschaft hinein. Auf dem Zettel stehen nur zwei Worte.

Danny bleibt

Noch viele Wochen danach bin ich glücklich mit meinen kleinen Untermietern. Ich höre sie singen und lachen und bekomme gleich gute Laune. Manchmal arbeiten sie ohne Pause beim Schreinern ihrer Möbel aus den Stöcken, die ich für sie im Wald gesammelt habe, nachdem die geschenkten Kleiderbügel von mir bereits zu Betten und Stühlen verarbeitet wurden. Es sind immerhin 50 Zwerge, die Möbel für den Alltag benötigen. Wir sind ein gutes Team, und wenn ich mal Sorgen habe, greife ich an den Schlüssel meiner Halskette und schon steht mir einer der kleinen wunderbaren Freunde zur Seite.

Zaubermaus

geh ich morgens
aus dem Haus
denk ich
an die
Zaubermaus

kehr ich abends
spät zurück
trifft mich
gleich ihr
lieber Blick

sing ich nachts
ein kleines Lied
dass viel
Gutes ihr
geschieht

Herzensdieb

ein Engel gar nicht klein
aber auch nicht so groß
fliegt ins Herz hinein
lässt es nicht mehr los

der Engel ist kein Engel
er ist ein Herzensdieb
er schmust sich fest der Bengel
hab ihn unendlich lieb

Das Problem

„Ihren Namen will ich wissen. Oder haben Sie ein Problem damit?“

Der rundliche Herr mit dem lichten, feinen Haarkreis zuckt ängstlich vor der Therapeutin zusammen und fährt mit dem Zeigefinger an seiner spitzen Nase entlang. „Ja. Leider. Es ist besser, ich spreche meinen Namen nicht aus“, antwortet er. „Ich brauche ganz dringend Ihre Hilfe.“

Die Therapeutin schüttelt den Kopf. „Immer langsam, der Herr. Hier geht alles der Reihe nach. Ich brauche den vollständigen Namen und natürlich die Adresse. Am besten heute noch.“

Ängstlich zupft der Mann weiter schweigend an seinen flauschigen Barthärchen. Er gibt der Therapeutin seinen Ausweis.

Sie schüttelt verärgert den Kopf und murmelt seinen Namen. „Sie heißen also Ernst-August Eule. Mein Assistent bringt Sie jetzt auf Ihr Zimmer.“

Er findet sich anschließend im Einzelzimmer der geschlossenen Station in der Psychiatrie wieder. Es gibt keine Zeit für Gespräche. Er läuft hier nun aufgeregt – wie in einem Käfig – auf und ab. Ihm ist abwechselnd heiß und kalt. Er fürchtet sich, denn er weiß, was wieder geschehen wird. Er musste dem Assistenten, bevor er das Zimmer aufschloss, seinen Namen nennen. Dabei hatte er doch bei der Aufnahme darauf hingewiesen, dass er genau das nicht machen kann. Er weint enttäuscht, bis er irgendwann vor Erschöpfung, neben dem Bett, in einen tiefen Schlaf fällt.

Die Therapeutin empfängt ihn am nächsten Tag. „Sie haben zum Frühstück nichts gegessen. Warum nicht?“

Sein Augenlid zuckt wie immer, wenn er nervös ist. „Ich habe keinen Hunger.“

Die Therapeutin schüttelt den Kopf. „Sie sind schwierig. Wissen Sie das?"

Er nickt wie in Trance. „Ja, zu leben ist für mich manchmal sehr schwierig. Deshalb bin ich hier." Er spricht so leise, dass er es noch mal für sie lauter wiederholen muss.

„Unsinn, das Leben ist bestimmt nicht das Problem. Vertrauen Sie mir und Sie werden erfahren, dass Sie bald schon, wie alle anderen auch, den Alltag wieder meistern. Sie müssen sich nur meiner Therapie wirklich öffnen und unbedingt mitarbeiten. Das ist alles gar nicht so schwer."

Er hüstelt und schaut betreten zu Boden. „Doch. Es ist für mich schwer. Es ist auch kein kleines, sondern ein großes Problem. Ich musste Ihrem Assistenten meinen Namen nennen, er hat mich dazu gezwungen, und jetzt wird es wieder losgehen mit meinem schlimmen Problem. Bitte hören Sie mich doch an."

Die Therapeutin kneift genervt die Lippen zusammen. „Nein, nicht jetzt. Sie sind noch nicht soweit." Sie holt noch mal tief Luft und teilt ihm mit erhobenem, strengem Ton mit, dass er sein Krankheitsbild erst mal annehmen müsse. Alles andere wäre zwecklos.

Er sieht ihr traurig in die Augen und wendet sich mit gesenktem Kopf ab. Er geht mit hängenden Schultern in Begleitung der Therapeutin auf sein Zimmer zurück.

Am Nachmittag will die Therapeutin erneut mit ihm Kontakt aufnehmen, um zu erfragen, welches Problem er denn nun überhaupt habe. Sie klopft vergeblich gegen die Tür. Er reagiert auch auf keine Zurufe. Sie macht sich nun Sorgen und holt eilig Kollegen herbei. Sie brechen die verschlossene Tür auf.

Nur ein Koffer, immer noch gepackt, steht neben dem unberührten Bett. Das Fenster steht sperrangelweit auf. Auf dem Schrank sitzt eine große, ausgewachsene Eule. Zitternd weist die Therapeutin auf den Vogel. Die Kollegen stehen reglos vor Überraschung da.

Plötzlich fliegt die Eule durch das offenstehende Fenster über den Köpfen der Erstarrten davon.

Du und ich

Du und ich
können Engel sein
Wolkenreiter
Sternenpflücker
himmelwärts
und immer weiter

Du und ich
sind Glücksstrahlfänger
Herzensnascher
sind wer wir sind
Träumer und Erfinder
und vor allem Kind

Elvis auf der Himmelsleiter

Er kann sie einfach nicht vergessen. Bei jedem Gedanken an die Menschen, die er von Herzen liebt und die ihm fehlen, fühlt er dieses furchtbare Stechen im Herzen. Die Sehnsucht lässt sich mit nichts betäuben. Die Vergangenheit läuft wie ein Film vor seinen Augen ab.

Er sieht die Schulkameraden vor sich, wie sie höhnisch die Gitarrensaiten seiner ersten Gitarre zerschneiden. Seine Mutter, die ihm übers Haar streicht, ihn an sich drückt und neben ihm in der Kirchenbank Gospel-Lieder singt und sich dabei rhythmisch in den Hüften wiegt. „Du bist mein Junge, Elvis. Dein Daddy hat uns vergessen. Versprich mir, dass du niemals so wirst."

Elvis legt auch als Teenager immer noch am liebsten seinen Kopf auf ihre Knie, während sie liest oder einen warmen Schal für ihn auf dem alten, durchgesessenen Sofa strickt. Er verlässt täglich um die gleiche Zeit die enge, kleine Wohnung. Seine Mutter klopft gegen die Fensterscheibe und zeigt auf ihre Armbanduhr. Ja, ja er wird zurück sein, bevor es Abend wird.

Er läuft schnell zum Friedhof, um seinen Zwillingsbruder am Grab zu besuchen. Jesse ist schon als Baby gestorben, doch sie halten Kontakt zueinander und Elvis holt sich viel Kraft von ihm.

Doch heute? Was ist jetzt?

Inzwischen ist er weltberühmt, aber trotzdem so einsam, dass ihn die Vergangenheit immer wieder schmerzhaft einholt. Sein Lied tönt aus dem Radio von irgendwo und Elvis schließt erschöpft die Augen. Er droht im rauschenden Farbenmeer zu ertrinken.

Die vielen Pillen, die er sich einwirft, helfen nicht mehr. Die Töne greifen nach ihm mit riesigen Kraken-Armen. Sie erdrücken ihn beinahe. Er schwitzt seine Angst literweise aus und endlich, ja endlich wird ihm leichter. Er öffnet die schweren Augenlider. Da, direkt vor ihm, zum Greifen nahe, eine hohe, silberne Leiter mit vielen Sprossen. Wie aus dem Boden gewachsen. Er kann das Ende mit den bloßen Augen nicht erkennen. Elvis hält sich entschlossen mit einer Hand an der Leiter fest. Die Haare wehen im aufkommenden Wind und die Tolle auf seinem Kopf steht ab wie ein dunkler, glänzender Hahnenkamm. Seine paillettenbesetzte Weste und die Hose funkeln im Licht des vollen Mondes.

Er klettert weiter bis zur Spitze der Leiter und springt dann flink wie eine Katze auf eine rot glühende, weiche Wolke vor ihm. Er rutscht hindurch und landet vor einer Tür aus hellem Marmor. Seine Hand fährt suchend über die glatte Oberfläche und bleibt mit dem Diamantenring an einem eisernen Griff hängen.

Schwungvoll öffnet er die Tür und wird von einer Schlange empfangen, die sich wie in Trance vor und zurück bewegt. Elvis springt über sie hinweg und landet mit einem Hüftschwung auf einer saftig grünen Wiese.

„Hallo Elvis", ruft eine warme, bekannte Stimme. „Sing uns ein Lied. Wir haben schon so lange auf dich gewartet."

Ein Lächeln breitet sich langsam über sein Gesicht aus, bis er nur noch strahlt. Seine Mutter drückt ihm die Gitarre in die Hand und streicht mit der Hand sanft über sein Haar.

Er spielt temperamentvoll sein Lied für sie und singt es so laut, er kann. Er lässt die Hüften dabei kreisen und sein Körper scheint mit der Musik zu verschmelzen.

Im gleichen Moment erreicht James Dean die beiden. Er kaut auf einer erloschenen Zigarette und grinst Elvis verschmitzt an. Danach versucht er, mit seinem verknitterten Cowboy-Hut einen goldgelben Schmetterling zu fangen.

Elvis entdeckt neben sich einen tiefblauen Fluss, in dem auf einmal eine große Wasserschildkröte schwimmt. Auf ihrem Rücken liegt strampelnd der kleine Jesse und winkt ihm glücklich zu. Hinter sich spürt er plötzlich eine blitzschnelle Bewegung. Er dreht sich wie elektrisiert um und erkennt eine schlanke Gestalt. Orange-gelbe Vögel flattern trillernd um ihren Kopf. Sie ist ihm irgendwie vertraut. Die Gestalt spitzt die Lippen zu einem Kuss und zeigt auf die

Gitarre. Es schnürt ihm vor Freude fast die Kehle zu. Er spielt und singt von ganzem Herzen sein Lied, während seine Mutter mit der Schildkröte und Jesse entspannt im Wasser planscht.

Das Zauberwesen greift gerührt nach seiner Hand und er sieht staunend auf die riesigen, zartrosa schimmernden Flügel.

Die Schildkröte ruft mit tiefer Stimme: „Keine Angst, Elvis, dir wachsen sie auch noch. Es braucht aber seine Zeit." Das Zauberwesen nickt bestätigend.

In seinen Augen tanzt ein Lachen. Die Strahlen hüllen Elvis ein. Das Wesen erzählt ihm, dass alle, die hier leben, jeden Abend über den Himmel fliegen. „Wir fliegen meistens gemeinsam", sagt es mit leiser Stimme. „Manchmal zeigen die Menschen auf uns. Sie glauben aber nicht, was sie sehen. Bis sie eines Tages die Leiter finden und uns erreichen. Halt dich an mir fest, wenn du willst. Dann drehen wir eine Runde", flüstert es in sein Ohr und er weiß es nun ganz sicher. Er ist angekommen.

Auf Wolken

im Frühling
verrät es pfeifend der Spatz
ich finde ihn endlich
den süßesten Schatz
im Sommer
pflücke ich Blumen geschwind
schenk dir mein Herz
bis der Winter beginnt
ich bau eine Höhle
für uns im Garten
um auf die Sonne
im März zu warten
auf Wolken fliegen wir
glücklich durchs Jahr
zusammen
als wenn es schon
immer so war.

Mirco

Mirko begleitet mich, solange ich denken kann. Er ist ein sehr kleinwüchsiger und zipfelmützentragender Herr. Er ist so lebendig wie du und ich, aber außer mir weiß es niemand.

Bis gestern. Da habe ich zum ersten Mal ganz offen über ihn gesprochen. Musste es tun, weil der Mensch, den ich liebe, etwas bemerkt hat. Es ging um ein Formular, das ausgefüllt werden sollte. Ich fange am besten von vorne an. Ich war ein Kind wie andere auch, nur etwas anders.

An Omas Hand zwinkerte mir früher mein Freund Mirko aus dem Garten zu. Am Wochenende bei Tante Luisa vor der Haustür war es sein Bruder, der stolze Bewacher ihres Vorgartenbeetes. Mirko hat so viele Brüder wie Blätter an einem Baum. Er ist immer in meiner Nähe und sieht immer gleich aus. Obwohl wir uns schon ewig kennen. Er wird nicht älter und hat niemals schlechte Laune. Er kennt keine Krankheiten und ist der erstaunlichste kleine Kerl, den es für mich gibt auf dieser Welt. Er ist ein scheinbar normaler Gartenzwerg und nur sein Lachen verrät ihn schon mal. Wenn er so richtig herzhaft lachen muss, siehst du seine niedlichen Grübchen. Er hat helle Augen und eine von meinen Küssen und Tränen verblasste Nase. Er trägt eine blaue Jacke und eine rote, abgewetzte Hose. Seine Hände sind breit und kräftig und die Fingernägel immer schwarz. Wir zwei sind Freunde fürs Leben. Unzertrennlich und ich verrate jetzt auch, warum.

Oma entdeckte ihn beim Aufräumen in ihrem Rumpelkeller. Sie schenkte ihn zum Glück mir.

In der Schulzeit tröstete mich Mirko, im Kleinformat auf meinem Bücherregal stehend, wenn ich mal wieder eine mangelhafte Leistung heimbrachte. „He, nicht weinen. Du schaffst das schon. Nimm mich gleich mit in den Wald und wir bauen eine tolle Hütte. Ich zeige dir dann, wo die Walderdbeeren wachsen. Die magst du doch so gern. Nicht mehr traurig sein. Die nächste Klassenarbeit gelingt.“

Es ist wirklich wahr. Mit seiner hellen, etwas heiseren Stimme sprach er von Anfang an zu mir. Ich gewöhnte mich daran und fand es schließlich normal. Den Zeugnistag versüßte Mirko mir, indem er mich in der Nacht daran erinnerte, dass es für jede Fünf auf dem Zeugnis ein Eis gratis im Eisgeschäft neben der Schule gab. Ich schlief zufrieden ein und verlieh mein Dokument der Blamage am nächsten Tag wie eine Trophäe auf Wunsch allen, die sie wollten. Meine Beliebtheit in der Schule stieg am Zeugnistag enorm. Mirko half mir in der Schulzeit und auch danach bei allen Niederlagen, niemals aufzugeben. Unbemerkt war er stets in meiner Nähe und wir fielen nicht auf.

Der Tod meiner Oma stürzte mich in tiefe Traurigkeit. Mirko versuchte, mich mit in den weißen Bart hineingebrummelten Gesängen in den Schlaf zu wiegen. Jede wichtige Entscheidung in meinem Leben wurde von ihm kommentiert. Er überzeugte mich davon, die Gitarre während meiner Ausbildung in der Freizeit nicht mehr aus der Hand zu legen und in einer Band mitzuspielen. Das war für mich der richtige Ausgleich, ich konnte alles Belastende in jaulenden Tönen hinauslassen.

Musik lieben wir beide bis heute über alles. Sie gehört wie das Kichern von Mirko zu unserem Alltag. Trotz seiner Nähe fühlte ich mich damals manchmal irgendwie allein. Besonders, wenn ich Pärchen beobachtete, und ich fragte mich dann, ob ich jemals so leben könnte wie sie. Mirko lächelte nur geheimnisvoll und sah überhaupt kein Problem dabei. Danach verlor ich meine Stelle, weil ständige, nicht endende und nicht nachvollziehbare Selbstgespräche im Büro angeblich störten.

Wochen später erhielt ich die Einladung zum Vorstellungsgespräch für eine neue Arbeitsstelle. Mirko flüsterte mir aus meiner Jacke spähend wie eine Souffleuse die wichtigsten, zum Erfolg führenden Bewerbungssätze zu. Ich erhielt den Arbeitsplatz. Mein künftiger Chef wunderte sich nur, warum ich so viele Pausen beim Sprechen machte. Keine wichtige Station in meinem Leben ohne Mirko. Im

Rucksack ließ er sich pfeifend und singend häuslich nieder und wollte ihn nicht mehr verlassen.

„Wir halten zusammen wie Pech und Schwefel", flüsterte er mir immer wieder ins Ohr und lachte dabei schelmisch.

Bei den Bandproben, an denen ich wieder regelmäßig teilnahm, hörten ihn die anderen Musiker manchmal heiser singen. Sie waren dann total irritiert und konnten den geheimen, brummenden Mitsänger nirgendwo entdecken.

Mirko ermutigte mich schließlich auch wild entschlossen, als ich auf die Liebe meines Lebens traf. Wir verließen gerade den Supermarkt und Mirko beschwerte sich, es sei so eng im Rucksack mit all den Einkäufen. Auch der Geruch von altem Käse steche ihm widerlich in die Nase.

Da stand sie vor mir. Meine Traumfrau. Ich hatte vor Schreck die Sprache verloren. Katastrophe! Was nun? Ich stand hilflos und wie gelähmt da, weil der Anblick dieser besonderen Schönheit mich wie ein Blitz traf.

Mirko zupfte mich vergeblich am Ohrläppchen. Mit seiner Hilfe konnte ich sie jedoch trotzdem erobern, da er unverblümt aus meinem Rucksack pfiff und sie die aufsteigende Röte in meinem Gesicht, nach eigenen Worten später, richtig süß fand. Natürlich dachte sie, dass ich so anerkennend gepfiffen hätte. Ich ließ sie in diesem Glauben. Wir kamen auf diese Weise ins Gespräch und zu meinem unvorstellbaren Glück sind wir seither ein Liebespaar.

Mirko gefällt dieses Leben zu dritt. Er ist nicht eifersüchtig und nachts schnuppert er höchstens mal an den nach Wiese und Sommer duftenden Haaren von meinem Schatz. Begeistert erzählt er mir morgens immer beim Zähneputzen, das es die absolut richtige Entscheidung war, sie in unser Leben zu holen.

Gestern füllte ich deshalb eine aktuelle Bescheinigung für meinen Vermieter aus. Ich sollte Auskunft geben, wie viel Personen derzeit in meinem Haushalt leben. Es ging um die erweiterte Nebenkostenzahlung, da meine Liebste jetzt endlich offiziell bei uns eingezogen war. Mirko winkte mir vom Fensterbrett fröhlich zu und tippte immerzu auf seine Brust und ich habe laut lachen müssen.

Mein Schatz verstand nicht, warum.

„Wie kannst du nur Spaß daran haben, wenn du ab nächsten Monat mehr bezahlen musst?"

Ich zuckte ratlos mit den Schultern und schaute zu Mirko. Er zog eine Grimasse, bis ich erneut schmunzeln musste.

„Nicht aufregen, Liebling. Ich finde es lustig, nur für zwei zu zahlen, denn weißt du, wir sind doch drei."

Bevor der Zauber flieht

mein Schatz
atmet Träume aus
an den Wimpern
glitzern noch
kleine Wunder
der Nacht

Morgenlicht
scheucht Engel
viel zu früh
über das Gesicht
bevor der Zauber
flieht

Mein Engel

Wir bezahlen für das Leben mit dem Tod. Keiner hat mehr oder weniger abzugeben an der Pforte zum Paradies. Der Engel, der uns von hier nach dort begleitet, macht keine Unterschiede. Er spielt hinter den Wolken auf den Saiten des Herzens die unsterbliche Melodie.

mein Engel

fliege
mein Schatz
und lasse Dich treiben
wo immer Du willst
kannst Du jetzt bleiben

hoffe
mein Liebes
Sehnsucht verbindet
wenn gestern und morgen
im Lichtstrahl sich findet

träume
mein Engel
und sei ohne Angst
weil du am Ende
ins Himmelsreich tanzt

See-Blicke

Von irgendwo sucht eine feine Melodie mit zarten Tönen ihren Weg. Der Schmetterling hat die Verwandlung geschafft. Frei und unbeschwert fliegt er über das Wasser. Ich bewundere ihn.

Ich stehe am Ufer und werfe Steine hinein. Im ersten Ring, der sich bildet, sehe ich meine Oma. Sie lacht mir zu – neben ihr steht Opa auf seinen Stock gestützt und legt den Kopf in den Nacken, als schaue er zu mir herauf.

Der nächste Stein macht meine Eltern sichtbar. Sie sitzen am Bodensee auf einer Bank und halten sich an den Händen. Ruhig schauen sie den weißen Schwänen und Enten zu.

Der dritte Stein zeigt unsere große Kinderschar. Meine Geschwister, die lachend und schwatzend im grün-weißen VW-Bus sitzen. Wir fahren Verwandte besuchen, die gerne die ganze Bande dabeihaben und auch ertragen können. Nachdem es endlich eine Rast gab an der Tankstelle mit Toilette, rufe ich nach einer halben Stunde Fahrt, dass der Zweitjüngste fehlt. Wir fahren eilig zurück und mein Vater seufzt hinterm Lenker. Es ist ein weites Stück, bis wir wieder an der Tankstelle sind. Weinend steht der Kleine im Laden an der Kasse. Die Hände an den verschmierten Wangen, in seiner geliebten roten Latzhose, ist er für alle ein Bild des Jammers. Er ist erst sechs und ich bin schon neun Jahre alt.

Der nächste Stein zeigt uns sieben Kinder im VW-Bus auf dem Weg nach Spanien. Hier passiert noch Schlimmeres. Der Kleinste, erst drei Jahre alt, turnt auf einem Brunnenrand bei einem Zwischenstopp. Er singt dabei fröhlich, bis es auf einmal still ist. Wir anderen hüpfen und klettern auch auf diesem wunderbaren alten Brunnen herum und spielen Fangen. Ich schaue ins Wasser und sehe sein weißes Gesicht mir entgegenleuchten. Ich halte ihm die Hand hin, doch er reagiert nicht. Da steige ich geschwind in das nur wadentiefe Becken und ziehe ihn schimpfend hoch. Zum Glück ist alles gut gegangen und es bleibt nur der Schreck und der Respekt bei uns allen vorm Wasser.

Ein weiterer Stein führt mir eine Raststätte vor Augen. Meine Mutter ist nicht nur froh über den Urlaub und darüber, dass wir ihn als Großfamilie zusammen verbringen können, sondern auch stolz auf ihre neue, flauschige, rostfarbene Jacke. Die hat sie sich von den Ersparnissen gegönnt – und das kommt nicht so oft vor, weil bei ihr immer die Kinder an erster Stelle stehen. Wir haben in der Raststätte den größten Tisch besetzt und ich bewache unsere Habseligkeiten, die kreuz und quer auf der Sitzbank liegen. Die anderen stehen vorne am Schalter, da hier Selbstbedienung ist.

Plötzlich sehe ich eine Frau, die mit einer rostfarbenen Jacke in Richtung Ausgang läuft. „Mama", brülle ich, so laut ich kann. „Die hat genauso eine Jacke wie du."

Meine Mutter dreht sich um und rennt der Frau hinterher. Sie ruft dabei: „Das ist meine Jacke, geben Sie sofort meine Jacke zurück!" Die Frau lässt ihre Beute erbost fallen und flitzt auf den Parkplatz. Meine Mutter hebt die Jacke auf und strahlt zu mir herüber.

Ich lasse einen großen Stein ins Wasser platschen und bin in meinem Kinderzimmer. Wir haben Besuch und mein jüngerer Bruder liegt deshalb im Kinderbeistellbett. Eine Nachtlampe brennt für uns, damit wir uns nicht fürchten. Eine Kinderlampe mit großem Schirm. Ich kann meine Augen kaum von dem Mond mit der Pfeife im Mund lösen, der mich so gelb und freundlich mit Schlafmütze auf seinem runden Kopf unverwandt ansieht.

Müde schlafe ich doch noch ein, bis mich ein beißender Geruch weckt. Die Mondlampe ist umgefallen und brennt nun auf der Wolldecke meines Bruders. Ich schreie, bis ich denke, der Kopf platzt mir gleich. Auf einmal sind meine Eltern da und wir werden aus dem Zimmer fortgebracht. Der Geruch ist unvergesslich und wieder ist niemandem etwas geschehen.

Ein kleiner Stein im Wasser erinnert mich an die verborgenen Winkel und Verstecke, in denen ich es liebe, ungestört zu lesen. Natürlich, wenn ich eigentlich schlafen soll. Mit Taschenlampe und Buch bewaffnet sitze ich im Schrank oder liege im Bett unter der Decke und auch auf der Toilette hocke ich, bis ich kalt und krumm bin, nur weil ich nicht aufhören kann, zu lesen. Wir besuchen mal wieder am Sonntag Onkel und Tante und ich habe mir mein Buch mitgenommen. Kaum sind wir dort, verdrücke ich mich nach dem Kaffeetrinken in ein leer stehendes Kinderzimmer. Ich lese und lese und es wird dunkel. Längst ist die Familie heimgefahren. Ich höre Geklapper aus der Küche und mein Onkel erschreckt furchtbar, als ich mit kleinen Augen vor ihm stehe und frage: „Wo sind denn die anderen?"

Es gibt so viele Erlebnisse wie Steine und so werfe ich noch einen hinterher. Große Aufregung zu Hause. Mein ältester Bruder hat mitbekommen, dass ich mit dem kleinen Wanderzirkus, der in unserem Dorf Rast gemacht hat, mitziehen will. Ich erzähle es nämlich gerade lautstark meiner Schwester, die ich überreden will, mich bei diesem Abenteuer zu begleiten. Wir haben zuvor, der Weisung des Zirkusdirektors folgend, beim Bäcker und Metzger erfolgreich um Brot und Fleischreste gebettelt. Mit meiner jüngeren Schwester an der Hand, die ich nicht missen will, ergattern wir noch mehr Spenden. Schließlich klingeln wir sogar an den Häusern und so kommt man uns schnell auf die Spur.
Die Nachbarn informieren meine Eltern und der große Bruder bestätigt diese ungeheuerliche Geschichte. Ein Tag Stubenarrest und eine Woche Fernsehverbot sind die Folgen. Sobald wir wieder draußen spielen dürfen, gehen wir zum leeren Sportplatz, auf dem nur noch etwas Heu und ein wenig Abfall an den Zirkus erinnern. Ich höre ein fernes Maunzen und öffne den Mülleimer. Wir finden

drei niedliche Kätzchen darin und beschließen, ihnen zu Hause eine neue Heimat zu geben und einen eigenen Katzenzirkus aufzumachen. Nur unseren Eltern gefällt die Idee überhaupt nicht. Stattdessen werden wir beim Sportverein angemeldet und treten den Pfadfindern bei, damit wir die Zeit sinnvoll verbringen.

Ich spüre ein warmes Ziehen im Herzen, denke ich an früher. Noch einen letzten Stein will ich werfen und schauen, was er mir zeigt. Zu meiner Verwunderung schwimmt eine bunte Ente ganz langsam davon. Auf ihrem Kopf sitzt der Schmetterling. Ich winke ihnen hinterher: „Tschüss, ihr beiden, macht es gut."

Auf dem Boden des Sees

Zwei Menschen im Zauber finden sich
ihr Herzschlag rauscht an seinem Ohr
Musik rollt wie Perlen durch sein Herz
das er am Ufer träumend verlor

Elfen und Zwerge auf dem Boden des Sees
Fische locken glucksend voll Zärtlichkeit
geheimnisvoll bleibt nur der Name zurück
trägt ewig Flügel und sanft durch die Zeit

Auf dem Wasser ruht schimmernd pures Glück
majestätisch ziehen zwei hier die Kreise
erkennst du sie im Schwanenkleid?
Sie starten die große Reise

Sommer

mein Blick
fängt eine
Rose ein
sie wird
wohl nicht
die Letzte sein
der Sommer springt
der Himmel singt
die Straßenkünstler
gaukeln
Bienen schleckern
am Eispapier
während Träume
am Himbeerstrauch
schaukeln

Verliebt

mein Herz
hat sich
verwandelt
füllt sich
mit Dir
unbeschwert
fliegt es
schmetterlingsleicht
über Grenzen
und Mauern

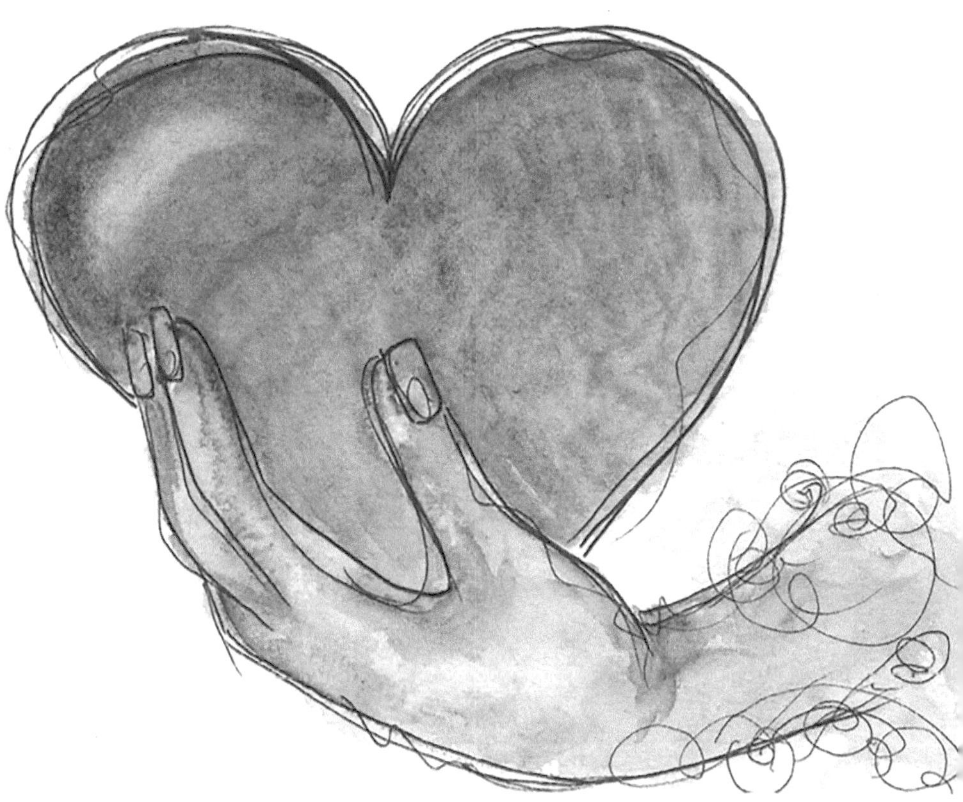

Blaue Schafe

kann ich nachts wieder nicht schlafen
schau ich zu den blauen Schafen
wie sie wolkengrasend fressen
so wie ich die Zeit vergessen
sich am roten Himmel jagen
ihre Wolle heimwärts tragen
pusten meckernd bunte Träume
die ich glücklich nicht versäume
fang sie ein im Herzen schnell
bis der Tag ist wieder hell

Ein lustiger Weihnachtsmann

Am vergangenen Tag noch wollten sie mich unbedingt haben. Jawohl. Meinten, es wäre kein Problem, wenn ich den ungewöhnlichen Job übernähme, obwohl ich doch eine Frau bin. Ich sollte einfach nachfragen. Und jetzt? Zu spät. Die fantasievoll ausgestatteten Menschen als Rentiere aus der Parfümerie sind schon vor Stunden losgezogen. Das hätte so ein schönes Geld gegeben, mit Leuten quatschen in der Fußgängerzone, ihnen ein Werbegeschenk mit Duftprobe in die Hand drücken und richtig gut dafür kassieren. Ich brauche das Geld wirklich dringend. Am besten nicht mehr daran denken.

Stattdessen laufe ich jetzt, den rechten Fuß gleichmäßig nachziehend, durch einen schwach beleuchteten Hausflur in irgendeinem Erdgeschoss. Der falsche Bart kitzelt so sehr, dass ich ständig niesen muss. Das Weihnachtsmannkostüm mieft nach gefühlten hundert ungewaschenen Jahren. Die überklebten Augenbrauen verrutschen ständig und piken mir ins Auge. Da ist die richtige Klingel. Bei Herold, wurde mir aufgetragen, solle ich sechsmal schellen. Ich lasse den schweren Sack von der Schulter gleiten und stelle ihn neben mir ab. Der Daumen hüpft angespannt auf der Klingel auf und ab, während ich mich räuspere. Als sich die Tür öffnet, lache ich mit fröhlichem „Hohoho" durch den Türspalt.

Ein schwarz gelockter, etwa sechsjähriger Junge saust heraus und klammert sich wie ein Äffchen an mein Kostüm. „Papa ist gemein. Er hat gesagt, du nimmst mich mit, wenn ich nicht brav bin. In deinem großen Sack sind schon andere böse Kinder. Ich hab doch gar nichts gemacht. Huhuhuu."

Tränen kullern aus den großen braunen Augen und ich beuge mich zu ihm hinunter. „Hab keine Angst, mein Freund. Der Weihnachtsmann hilft allen Kindern und steckt nur die Erwachsenen, die ihnen Angst machen, in den Sack." Der Tränenstrom versiegt und die Augen glänzen hoffnungsvoll. Ich streiche ihm über die Haare und rufe nach seinen Eltern. Der Kleine lässt mich eintreten und teilt mir mit, dass es die Mama schon lange nicht mehr gibt. Sein Vater knurrt etwas Unverständliches zur Begrüßung und drückt mir so fest die Hand, dass ich aufschreie. Er ist verwundert über den hellen Klang. Mit gepresster Stimme und gedrückter Tonlage bitte ich um einen Stuhl und ein Glas Wasser. Der Kindesvater mit den smarten Gesichtszügen trägt beides nacheinander herbei.

Ich lasse die beiden sich vor mir aufstellen und betrachte sie eine Weile streng, bevor ich sie frage, wer von ihnen mehr im Jahr ausgefressen habe. Der kleine Prinz namens Niklas meint hierzu „Natürlich der Papa", weil großen Menschen immerzu etwas Schlimmes passiere. Ich nicke weise zu seinen Worten und leere hastig das Glas. Leider läuft das Wasser direkt in den Bart und tropft von dort lautlos auf den Teppich. Niklas schaut interessiert zu. Ich fordere seinen Vater auf, mir ein Lied vorzusingen oder zu tanzen. Sofort beginnt Niklas, lautstark Alle Jahre wieder zu singen. „Danke, das war sehr schön, doch jetzt will ich deinen Papa hören." Ich bemühe mich, mit tiefer Stimme zu reden.

Der Kleine zieht ungeduldig am Hosenbein seines Vaters. „Wenn du nicht singen kannst, Papa, dann tanz doch einfach mit dem lustigen Weihnachtsmann."

Kaum hat der Junge das gesagt, drückt sein Vater mich erleichtert an sich und wirbelt mit mir lachend durch das Wohnzimmer. Ich sehe seine Grübchen durch meine tränenden Augen, weil die linke Braue wieder verrutscht ist, und lausche seiner Erklärung, dass er keine Singstimme habe. Es gefällt mir schrecklich gut, dieser Tanz ohne Musik, nur begleitet vom Beifall des kleinen Jungen, der auf die Geschenke im Sack wartet.

„Danke", hauche ich und spüre ein süßes Ziehen im Bauch.

„Gern geschehen. Mit einem Weihnachtsmann habe ich noch nie getanzt. Niklas, du bist jetzt an der Reihe."

Ich drehe mit dem kleinen Niklas eine weitere Runde, übersehe den niedrigen Sofatisch und wir fallen gemeinsam zu Boden. Ich liege wie ein fluglahmes Insekt auf dem Rücken, habe Niklas jedoch geistesgegenwärtig hochgehalten. Sein Vater nimmt ihn auf den Arm und freut sich, weil außer dem großen Schrecken nichts passiert ist.

Nichts passiert? Der Bart hängt schräg über dem Ohr, die Augenbrauen gab es einmal und das Kostüm ist aufgerissen und entblößt darunter ein altgedientes Karokleid aus altem, warmen Winterstoff.

„Ach herrje, wen haben wir denn da? Das ist ja gar kein Weihnachtsmann! Können Sie uns das bitte erklären?"

Ich habe Sternchen vor den Augen und ein Kribbeln im Bauch.

„Natürlich erkläre ich es Ihnen. Also, der Weihnachtsmann hat sich mit dem Schlitten verfahren und mir einen Brief vom Nordpol geschrieben. Die Rentiere und er sind ganz erschöpft und brauchen dringend eine Pause. Er hat mich ganz lieb um Hilfe gebeten, seine Vertretung zu übernehmen und dass ich keinem verraten darf, dass ich nicht der richtige Weihnachtsmann bin."

Niklas Vater zieht mich kopfschüttelnd hoch und hilft mir auf dem Stuhl Platz zu nehmen. Alles tut mir weh. Wir lachen uns an. Niklas ist von meiner Geschichte schwer beeindruckt.

Das war übrigens mein letzter Job dieser Art.

An diesem Tag feiert Niklas schon seinen zwölften Geburtstag. Mein Leben ist immer noch ein Weihnachtstraum, der sich erfüllt hat.

Es klingelt Sturm an der Tür. Die Jungs aus der Nachbarschaft freuen sich auf den größten selbst gemachten Geburtstags-Burger aller Zeiten. Die Küche ist ein Schlachtfeld und Niklas als Hilfskoch ein wahres Genie. Genau wie sein Vater. Dieser küsst mich schnell, bevor er zur Tür eilt, um die Rasselbande reinzulassen.

Begegnung

Du nimmst meine Hand,
siehst mich zärtlich an,
flüsterst mir leise zu:

„Ich bleibe bei dir.
Folge mir nun,
ich führe dich heim.
Der Bach ist heller dort,
er singt dir sein Lied
und Schmetterlinge
tanzen im Licht,
tragen deine Angst
auf ihren Flügeln fort.“

Stärker als der Tod

Es war ein Tag, wie Poseidon ihn mochte. Er schickte Blitz und Donner, bevor seine Tochter Iphigenie das Licht der Welt erblickte. Irgendwas hatte er trotzdem falsch gemacht, denn es sollte eigentlich ein Sohn werden. Die Kleine hatte ein winziges Gesicht mit großen Segelohren und murmelgrünen Kulleraugen. Schon als Kind war sie auffallend musikalisch. Sie spielte ständig auf ihrer Weidenflöte und beschwor dadurch eine ganz besondere Atmosphäre herauf. So fiel den Menschen um sie herum wieder ein, was sie vergessen, verloren oder geliebt hatten.

Das Flötenspiel beherrscht sie noch heute, es inspiriert zu neuen Ideen und macht mit jedem Ton selbst den Zweiflern Mut. Deshalb ist Iphigenie überall gern gesehen und eingeladen. Das gefällt Poseidon und er spricht voller Stolz über seine Tochter. Inzwischen ist aus der Kleinen, die im höchsten Maße kurzsichtig zu sein scheint, eine junge Frau geworden. Zum Ausgleich nehmen ihre Ohren das minimalste Geräusch wahr und in Momenten, in denen sie an gar nichts denkt, der Kopf einfach nur ganz leer wird, hört sie sogar, ohne es zu wollen, die Gedanken der Menschen um sie her. Eine schreckliche Begabung.

Es ist wieder mal Sommer geworden. Seit Längerem schon hält Iphigenies Tante jeden Morgen am Strand Ausschau nach Muscheln und feinen weißen Marmorstücken. Sie werden alle zur Verschönerung der edlen, ausgebauten Felsenhöhle Poseidons gebraucht. Hier demonstriert die geliebte Tante der jungen Nichte ihre Fähigkeiten, indem sie alles wohnlich und passend dekoriert.

Iphigenie hat die Flöte unter dem Umhang am Gürtel hängen und kann es kaum erwarten, ins Wasser zu schauen. Ihre kurzsichtigen Augen weiten sich und leuchten dabei eigentümlich. Da, sie kann es deutlich erkennen! In der Tiefe verborgen liegt eine magische Unterwelt. Sie ist ein verborgenes Paradies. Iphigenie kann sich dem Zauber dieser geheimnisvollen Welt nicht mehr entziehen. Dreimal muss sie von ihrer Tante angesprochen werden, damit sie in die Wirklichkeit am Strand zurückkehrt.

Iphigenie ist verzaubert vom Anblick dieser geheimnisvollen Welt und berichtet, so schnell sie kann, ihrem Vater davon. Er zupft brummelnd an seinem langen weißen Bart und glaubt ihr nicht. Er beauftragt die Tante, sich um seine Tochter und ihre Spinnereien zu kümmern. Es gelingt Iphigenie, ihre Tante mit ihrem Flötenspiel so zu begeistern, dass diese mit ihr anschließend gemeinsam zum Strand hinuntertanzt. Dort zieht sich Iphigenie die dünnen Sandalen von ihren Füßen und genießt den warmen Sand, der zwischen den Zehen und an den Fußsohlen kleben bleibt. Ihre Tante kann trotz größter Anstrengung die magische Unterwelt nicht entdecken und auch die vielen herbeigerufenen Nachbarn und Freunde erkennen nichts im Wasser. Einer jedoch, Amand, der größte Nebenbuhler Poseidons, der glaubt ihr sofort jedes Wort. Er sucht selbst schon lange nach diesem Paradies und hofft, Reichtümer dort zu finden.

In der Nacht entführt er Iphigenie überraschend und hält sie, an einen Baum gefesselt, auf einer Nachbarinsel gefangen. Sie soll ihm um jeden Preis den Weg zum versunkenen Paradies zeigen.

Sein schwarzer Bart flattert im Wind, als er mit ihr wenig später in einer sternklaren Nacht zum Strand von Poseidons Land mit einem selbst gebauten Floß hinüberfährt. „Es ist hell genug heute. Mond und Sterne reichen aus, um mir die Stelle am Strand zu zeigen, von der aus ich endlich das Paradies sehen kann. So wie du es gesehen hast, Iphigenie. Los, wenn dir dein Leben lieb ist, zeig es mir, und zwar sofort."

Iphigenie hört die grausamen Worte. Er will sie also töten. Und sie erfährt, warum er dies auf jeden Fall machen wird. Amand hofft, ihr Tod breche dem starken Poseidon das Herz und er könne an dessen Stelle endlich die Herrschaft übernehmen.

Die Wachen am Strand haben die beiden noch nicht bemerkt. Die Suche nach Iphigenie soll laut dem Befehl Poseidons so lange fortgesetzt werden, bis man sie gefunden hat. Seit ihrem Verschwinden kontrollieren die Wachen den Strand rund um die Uhr. Sie haben sich um einen brennenden Holzstoß versammelt.

Das Licht der Fackeln flackert im kalten Wind, als Poseidon zu seinen Männern tritt. Er scheint um Jahre gealtert. Er vermisst seine Tochter so sehr und wünscht sich nichts sehnlicher, als das vertraute Flötenspiel zu hören und zu wissen, es gibt etwas in der Welt, das etwas ganz Besonderes ist. So wohltuend und befreiend, dass die Worte hierfür fehlen und es sich nur in Musik ausdrücken lässt.

Da hört er plötzlich Iphigenie lauthals um Hilfe schreien. „Vater, Vater, rette mich, ich bin hier!" Die Wachen greifen nach ihren Schlagringen und Stöcken und laufen gemeinsam mit Poseidon auf Iphigenie und den gnadenlosen Amand zu. Der Himmel ist erhellt von Blitzen, die Poseidon zornig wie brennende Sicheln über ihn hinwegsausen lässt.

Während die bewaffneten Männer schreiend auf die beiden losstürmen, zieht Amand die zitternde Iphigenie fest an sich und drückt ihr die Kehle zu. „Poseidon, hör auf mich, willst du deine Tochter zurückhaben, dann schick deine Wachen fort! Geh mit ihnen heim und Iphigenie wird kein Haar gekrümmt. Ich will nur das versteckte Paradies sehen. Alles andere ist mir egal. Danach brauche ich sie nicht mehr. Einverstanden?"

Poseidon brüllt wütend: „Und wenn ich nicht einverstanden bin?"

Amand spuckt in den Sand. „Dann hast du deine Tochter heute das letzte Mal gesehen. Entweder erwürge ich sie oder ich stoße sie direkt ins Meer."

Poseidon hebt seinen Dreizack und der Hall eines furchtbaren Donnerschlags lässt alle wie betäubt zu Boden stürzen. Nur Poseidon steht aufrecht da, mit zerzausten Locken und grimmigem, rot glühendem Gesicht. „Wehe dir, Amand, mich forderst du nicht noch einmal heraus!" Plötzlich liegt ein dünner Nebelschleier wie ein feiner Pulverhauch über dem Strand. Darin sind Amand und Iphigenie spurlos verschwunden. „Nein! Iphigenie, meine Tochter! Wo bist du?"

Als der Nebel sich lichtet, erheben sich die Wachen und reiben sich ihre schmerzenden Köpfe. Sie rufen: „Was ist bloß passiert?", und laufen aufgebracht am Strand hin und her.

Poseidon befiehlt mit eisiger Stimme, dass der Strand abgesucht und jeder Schlafende sofort geweckt werden müsse, um bei der Suche nach seiner Tochter zu helfen. Mit Hunderten von Fackeln und spitzen Stöcken wird wenig später jeder Winkel und jeder Meter des langen, breiten Strandes durchkämmt. Erfolglos. Die Wolken schieben sich vor den Mond, als Poseidon mit gebrochener Stimme das Ende der Aktion ausruft.

Mit aschfahlem Gesicht sitzt er am nächsten Morgen vor seinem Frühstück. Er kann nichts essen, so speiübel ist ihm nach dieser furchtbaren Nacht. Er hat erfahren, dass der Leichnam Amands, bedeckt von grünen Algen, ans Ufer gespült worden ist.

Die Tante schluchzt unaufhörlich und versucht erst gar nicht, ihre Trauer zu verstecken. Poseidon bittet sie mit ungewöhnlich sanfter Stimme, ihn allein zu lassen. Sie verlässt daraufhin die geräumige, mit feinen Marmorstücken verzierte Höhle, in der selbst die großen, mit Perlen gefüllten Muscheln an Iphigenie erinnern. Die Tante steht am glucksenden Wasser und wischt sich über die Augen. „Wo bist du nur, Iphigenie? Ich wollte noch so viel mit dir zusammen erleben. Ich vermisse dich, mein Schatz. Jede Stunde an jedem Tag und immerzu denke ich an dich." Sie seufzt und glaubt plötzlich, Flötenspiel zu hören. Da bricht sie erneut in Tränen aus.

Doch das Flötenspiel hält an und zu ihrer Verwunderung winkt ihr eine Hand aus dem Wasser zu. Iphigenie hebt für einen kurzen Augenblick ihren Kopf aus dem Wasser und ruft: „Tante, du musst nicht mehr traurig sein. Es geht mir gut. Ich kann den ganzen Tag auf der Flöte spielen. Es ist wunderschön hier. Bitte, sag es auch Vater. Ich bin glücklich und weiß, dass wir uns wiedersehen. Liebe Tante, vergiss mich nicht und lebe wohl! Hörst du? Lebe wohl."

Als Poseidon davon erfährt, steht er augenblicklich auf und wäscht sich erst mal gründlich. Er zieht sein bestes Gewand aus reinem

Leinen an und geht mit der Tante zum Strand. Arm in Arm stehen sie vor den sich kräuselnden Wellen. Der Himmel ist blau und wolkenlos.

Da geschieht es. Leises Flötenspiel dringt an Poseidons Ohr. Es wird lauter und ein stiller Frieden kehrt mit jedem Ton in seinem Herzen ein. Er schaut, der Melodie lauschend, versunken über das glitzernde Wasser hinweg bis zum hellen Horizont und flüstert leise: „Es gibt wirklich etwas, das ist stärker ist als der Tod."

Blumen

Blumen der Sehnsucht
welken langsam
in der Vase
meiner Erinnerung

Blumen der Kindheit
wachsen kostbar
auf der Wiese
meines Herzens

Blumen der Hoffnung
duften zeitlos
unter der Rinde
meiner Seele

Die Fütterung

der Löwe brüllt, er ärgert sich
Besucher drängeln fürchterlich
umlagern den Käfig
in großen Massen
wollen die Fütterung nicht verpassen
ein Tierpfleger bringt
eilig Nachschub dem König
dem Publikum graust es nun ein wenig
weil ein süßes Lamm
als Futterquelle
für den stolzen Herrscher
schon zur Stelle
es hüpft ganz aufgeregt auf ihn zu
schaut dabei so lieb,
dass er satt ist im Nu
es kuschelt sich blökend an sein Fell
so schmusen sie, werden Freunde schnell
die Tierpfleger können deutlich erkennen
dieses Paar darf keiner mehr trennen
der Löwe schnurrt glücklich
und laut jede Nacht
wenn er unverdrossen
sein Lämmchen bewacht

Gastspiel

ich lade ein zum Gastspiel
der schönsten Kreatur
es ist die ewig singende
unglaubliche Natur
in jedem kleinen Sternenblick
wirft sie Gold und Kristall
magische Kräfte spürt sie auf
verbindet Leben überall
in sprudelnden Fontänen
küsst sie uns sonnensüß
bis wir einst verschwinden
mit ihr im Paradies

Im Büro

gestern sprach mein Chef mit mir
ab morgen sind Sie nicht mehr hier
viel zu oft Ihre kritischen Fragen
das können wir nicht mehr ertragen
lassen Sie Ihren Vogel doch fliegen
damit wir hier den Unmut besiegen
da saust eine Möwe aus meinem Ohr
sie hat bestimmt etwas Besseres vor
so halte ich mich an ihr freudig fest
bis sie mich auf Borkum runterlässt
dort lebe ich nun mit Sand zuhauf
mach hier meinen ersten Flohzirkus auf

Romeo aus Istanbul

Teresa läuft nach dem Sportunterricht in Richtung Heim zurück. Sie denkt an Mustafa. Seine Augen haben so ein Wahnsinns Braun mit großen Pupillen darin. Unter dem Kastanienbaum bleibt sie stehen. Es wird dunkel und sie lauscht in die Baumkrone hinauf. Irgendwie hat sie schon seit einer Woche das Gefühl, jemand sitzt dort oben und beobachtet sie. Ausgerechnet von ihrem Lieblingsplatz aus, in der großen Kastanie.

Es raschelt laut und dann fällt ein Junge mit wildem Lockenkopf direkt vor ihre Füße. Er liegt etwas verdreht da.

„Mensch Mustafa! Spinnst du? Willst du dich etwa umbringen?" Sie streckt ihm die Hände entgegen und zieht ihn seufzend hoch.

Mustafa grinst unbeholfen. „So schnell stirbt man nicht." Er mag Teresa. Als er mit seiner Familie aus Istanbul neu in diese Stadt kam, war sie am ersten Schultag schon auf ihn zugegangen und konnte verstehen, was es heißt, sich allein zu fühlen.

Sie selbst wohnt hier in einer Jugendeinrichtung und die beide sind seitdem eng befreundet. Teresas Eltern starben bei einem Autounfall, als sie noch klein war.

„Zeig mal, Mustafa." Teresa berührt Mustafas Arm und zieht ihn ins Licht der Straßenlaterne. Das T-Shirt ist zerrissen und der aufgekratzte Arm blutet.

Die Kastanie ist ihr spezieller Platz. Hier haben sie auch ihre erste Zigarette im Sommer geraucht und sich gegenseitig ihr Herz ausgeschüttet. Im Winter können sie hier, ungesehen vom Baum aus, die vorbeikommenden Spaziergänger mit Schneebällen und Silvester heimlich mit Knallfröschen bewerfen. Es ist nicht in Ordnung – macht aber Mordsspaß.

„Bis morgen", ruft Teresa ihm nach. Sie haben leider nur noch den Mathe-Leistungskurs und die Theater-AG zusammen. Das Abi rückt näher und so zählen bedrohlich die wichtigen Punkte vor jeder Klausur, um zur Prüfung zugelassen zu werden. Freude macht allein die Theater-AG. *Romeo und Julia* soll in gekürzter Fassung und in Englisch aufgeführt werden. Weil Mustafa eine deutliche Stimme und hübsche Locken hat, erhält er natürlich die Hauptrolle und Teresa, sie kann es kaum fassen, darf bei der Aufführung tatsächlich die Julia sein. Das Leben ist für sie wieder einmal eine Wundertüte und die Sonne blitzt jetzt täglich daraus hervor. Jaqueline, ihre neidische Mitschülerin, platzt fast vor Eifersucht, weil sie schon lange in Mustafa verliebt ist und nun hilft ihr auch die freche Klappe nicht weiter.

Teresa ist oft zum Essen bei Mustafas Familie eingeladen. Es ist spannend bei ihm und seiner bunten Hausgemeinschaft. Sie sitzen bei gutem Wetter in dem kleinen Innenhof an zusammengeschobenen Campingtischen und teilen sich ein Buffet, das von allen Bewohnern des mehrstöckigen Hauses, zusammengetragen wird.

Der Grieche und seine Frau bringen den köstlichen Joghurt mit Honig mit und die beiden chinesischen Studenten stellen Reis und Hühnchen dazu. Es gibt Fladenbrote von Mustafas Mutter und der Japaner aus dem kleinen Keller-Appartement spielt sehnsuchtsvoll mit geschlossenen Augen, ohne Notenvorlage, auf seiner Geige nach dem köstlichen Schmaus. Er träumt davon, eine Stelle im Orchester zu bekommen.

Olga Murawski, die lustige Polin, tanzt mit dem Griechen, der sich nicht wehren kann, und bindet ihm auch noch ein großes, zum Glück sauberes Trockentuch um seinen kahlen Kopf. Er hatte sich nämlich beim letzten Treffen einen Sonnenstich zugezogen.

Naomis Eltern, die mit ihr aus Afrika fliehen mussten, um nicht von den Soldaten erschossen zu werden, lachen stolz, mit glänzenden Augen, weil die Tochter für alle singt. Ihre Stimme ist so zart und schön, dass sie mit jedem Ton einen Stern vom Himmel holt. Der Abend wird lang und Mustafa begleitet Teresa später zurück ins Heim.

Wenige Tage danach ist schon die Generalprobe. Es gelingt der neidischen Jaqueline, dass Teresa durch einen kräftigen, natürlich ganz zufälligen Schubs in den Rücken, mitten bei der Probe von der Bühne fällt. Jaqueline hat es somit geschafft. Ihre Feindin liegt am Boden. Tatsächlich ist Teresas Arm gebrochen und sie ist vorläufig krankgeschrieben. Die Lehrerin bestimmt daraufhin Selda, eine türkische Mitschülerin im Kurs, als Ersatz-Julia, da diese sich Texte auf geniale Weise schnell merken kann.

Jaqueline ist stinksauer. Gefrustet besucht sie Teresa sogar im Heim und bringt ihr zur Bestechung als Wiedergutmachung Pralinen mit.

„Kommst du eigentlich zur Premiere morgen?", fragt sie scheinheilig und Teresa nickt.

„Hoffentlich küsst Mustafa Selda nicht in echt", grummelt Jaqueline düster.

„Ich glaube nicht", antwortet Teresa. „Und wenn, geht es uns nichts an."

Jaqueline verschwindet beleidigt.

Teresa legt abends eine Kastanie auf ihre Fensterbank. Eine Angewohnheit aus Kindertagen. Ihre Mutter meinte damals, dass der Kastaniengeist einen beschützen würde. Vor der Premiere hat sie sogar Selda schnell eine geschenkt, weil sie so aufgeregt war und Angst hatte.

Am nächsten Tag fiebert die Theater-AG der großen Aufführung entgegen. Teresa hat einen Ehrenplatz in der ersten Reihe erhalten. Sie darf einarmig das Stück als Souffleuse unterstützen. Nach Aufführungsende gibt es tosenden Beifall. Die Eltern, Verwandten und Lehrer sind restlos begeistert und so wird schließlich auch die widerstrebende Teresa, die wie immer ohne Begleitung da ist, mit ihrer Armschlinge auf die Bühne geholt. Die Mitwirkenden verbeugen sich dicht in einer Reihe stehend. Teresa sieht von hier oben auf die grimassierende Jaqueline, die vor Wut unten auf ihrem Platz schäumt. Mustafa steht lachend neben Teresa. Er greift entschlossen die Hand von ihrem gesunden Arm und verpasst ihr einen schmatzenden, kitschigen Handkuss. Die Zuschauer johlen.

Selda umarmt Teresa nach der Vorstellung vorsichtig und flüstert ihr ins Ohr: „Romeo aus Istanbul ist, ich schwöre, wirklich cool.“

Seit der Premierenfeier sind Selda, Mustafa und Teresa unzertrennlich. Als Teresa die Stadt verlässt und ein Studium in Münster beginnt, findet sie ein winziges Zimmer in einem preiswerten Studentenwohnheim. Dort fühlt sie sich zum ersten Mal nach langer Zeit wieder einsam. Sie hat extra das internationale Wohnheim gewählt, weil sie hoffte, die guten Erfahrungen fortsetzen zu können und mit Polen, Chinesen, Türken, Deutschen und überhaupt Menschen, die tolerant sind, hier Tür an Tür zu wohnen.

Das Wetter ist noch spätsommerlich. Es dauert genau vier Wochen, bis das Semester beginnt. Eigentlich Zeit genug, sich einzuleben. Zwei Namen fallen ihr unten im Flur bei den Briefkästen ins Auge. Nein. Das ist ja unglaublich!

Da steht auch schon Selda, den Rucksack schwenkend, schelmisch zwinkernd vor ihr. „Dachtest du etwa, du bist uns los?“ Sie hakt sich bei Teresa unter und zieht sie mit sich zur Tür hinaus.

Draußen fährt Mustafa mit breitem Grinsen – auf dem Rad klingelnd – an ihnen vorbei. Er hält schließlich abrupt an und wartet, bis sie auf einer Höhe sind.

Selda verabschiedet sich von Teresa und drückt ihr eine schrumpelige Kastanie in die Hand. *Freunde* hat sie eingeritzt. Flink läuft sie weiter. Sie hat für abends zum selbst gemachten Döner-Essen eingeladen.

Teresa starrt gerührt auf die kleine, braune Kugel, als sähe sie in ihr die Zukunft.

„Hey, du Träumerin. Willst du mitfahren? Oder traust du dich nicht?" Mustafa deutet mit dem Daumen hinter sich auf den Gepäckträger.

Teresa springt lachend auf und hält die Kastanie dabei fest in ihrer Hand.

Im Herzen fremd

ich weiß es
ihr findet mich sonderbar
doch ich war wirklich
schon immer da
auch heute
trage ich den Stern
er leuchtet rot
hält Geister fern
sie herrschen
nicht nur in Wuppertal
geben weiter
ihr braunes Hemd
ich habe wie damals
keine Wahl
bleibe Euch
im Herzen fremd
trotzdem fliegen meine Worte
silberhell über den Fluss
auf dem ich endlos
durch die Jahre
zu Euch wiederkehren muss

Hasenohren

Der kleine Hase Kuschel wollte endlich ein richtiges Abenteuer erleben. Nachts als die Hasenfamilie fest schlief, zog sich Kuschel seine schwarze Wintermütze über die abgeknickten Ohren und hoppelte aus der warmen Höhle in den dunklen Wald hinein. Er freute sich über die vielen glitzernden Sterne am Himmel und auch über die honiggelbe Mondsichel. Kuschel bestaunte die schwarzen großen Bäume und lauschte im aufkommenden Wind dem Gesang der Blätter. Alles war so neu und aufregend.

Plötzlich raschelte es dicht neben ihm und eine Stimme flüsterte: „Wie heißt du?" Kuschel schaute einem jungen Fuchs in die Augen und stellte sich ihm zitternd vor. Mama und Papa Langohr hatten ihn gewarnt, niemals mit Füchsen zu sprechen, weil sie Hasen als Leibgericht verspeisten. Aber nachts gelten andere Gesetze und der kleine Fuchs stellte sich ihm namentlich als Wolle vor und so plauderten die beiden noch lange an einem leise gurgelnden Bachlauf unter einer schmalen Brücke. Sie verabredeten sich gleich für ein weiteres Treffen.

Am frühen Abend des nächsten Tages spielten sie unter der Brücke zusammen und tollten munter und sich vor Freude überschlagend am Bach entlang. Sie ließen Zweige als Boote ins Wasser und hatten so lange Spaß, bis Vater Langohr aus dem Wald Kuschel wütend zu sich rief. Er schickte ihn sofort zu Mama Langohr heim und dort wurde er ausgeschimpft und bekam Höhlenarrest. Das bedeutete drei Tage nicht nach draußen an die Luft. Kuschel war so traurig, dass er ein bisschen weinen musste.

In der Nacht hatte er wieder eine tolle Idee. Er schlüpfte lautlos durch das Küchenfenster und hoppelte zum Bach. Tatsächlich saß sein neuer Freund Wolle am Wasser und ließ dort kleine Stöckchen hineinfallen. Er freute sich riesig, Kuschel zu sehen, und nachdem er von der Strafe und dem Verbot, sich zu verabreden, gehört hatte, schüttelte er enttäuscht den Kopf, bis seine Augen blitzten, denn er hatte einen rettenden Einfall. Er schlug vor, aus dem Schilf am Seerosenteich mitten im Hotelpark Waldblick, nicht weit vom Bach, etwas Schilf zu besorgen. Unbemerkt nahmen sie genug Schilf mit und bastelten daraus zwei wunderschöne lange grüne Hasenohren. Fast jeden Tag hüpften und sprangen Wolle und Kuschel nun zusammen herum und von Weitem sah es aus als spielten zwei Hasenfreunde zusammen, da die Schilfohren wirklich täuschend echt auf dem Kopf des jungen Fuchses nur so wackelten.

Hotel Waldblick versteckte Ostern im Park über zweihundert bunte Eier für die Hotelgäste. Kuschel und auch Wolle mit seinen falschen Ohren auf dem Kopf brachten Ostersonntag zum Frühstück gemeinsam acht Eier aus dem Park zu deren Überraschung bei den Eltern Langohr vorbei und genauso viele bei den Eltern von Wolle.

Die Fuchseltern liebten den Eierschmaus so sehr, dass sie versprachen, Kuschel niemals ein Hasenhärchen zu krümmen und sogar auf ihn aufzupassen, falls ihn mal ein Jäger bedrohe. Auch die Eltern Langohr naschten gerne, insbesondere die Eier aus Schokolade. Sie beobachteten Kuschel und Wolle und lachten über die Schilfohren. Schließlich erlaubten sie ihnen, nach dem köstlichen Ostermahl, so lange gemeinsam weiterspielen zu dürfen, wie ihre ungewöhnliche Freundschaft halte.

Da rannten die zwei glücklich zu ihrem Bach und warfen jeder ein langes grünes Schilfohr hinein. Sie brauchten sie ja nun nicht mehr. Fröhlich liefen sie am Bach entlang und schauten gespannt zu, welches Schilfohr wohl zuerst als Sieger die Brücke erreichte.

Epilog – Fantasie

sie zerren an mir
und lassen nicht los
ich frage mich wieder
was mache ich bloß?
Zwerge, Feen und andere Gestalten
die immer noch
meine Träume verwalten
plötzlich aus dem Nichts
ins Tageslicht springen
die sichere Ordnung
durcheinander bringen
ich sperre sie ein
im Alltag des Lebens
sie lachen mich aus
auch das ist vergebens
bis ich begreife
nichts geht ohne sie
die Realität
ist halt Fantasie

www.ingramcontent.com/pod-product-compliance
Lightning Source LLC
LaVergne TN
LVHW051509170726
843492LV00002B/861